바다의 비망록

황금알 시인선 103

바다의 비망록

초판발행일 | 2015년 4월 30일

지은이 | 김원옥
펴낸곳 | 도서출판 황금알
펴낸이 | 金永馥
선정위원 | 마종기 · 유안진 · 이수익 · 김영승
주 간 | 김영탁
편집실장 | 조경숙
표지디자인 | 칼라박스
주 소 | 110-510 서울시 종로구 동숭동 201-14 청기와빌라2차 104호
물류센타(직송 · 반품) | 100-272 서울시 중구 필동2가 124-6 1F
전 화 | 02)2275-9171
팩 스 | 02)2275-9172
이메일 | tibet21@hanmail.net
홈페이지 | http://goldegg21.com
출판등록 | 2003년 03월 26일(제300-2003-230호)

값은 뒤표지에 있습니다.

ISBN 978-89-97318-97-1-03810

*이 도서의 국립중앙도서관 출판예정도서목록(CIP)은 서지정보유통지원시스템 홈페이지(http://seoji.nl.go.kr)와 국가자료공동목록시스템(http://www.nl.go.kr/kolisnet)에서 이용하실 수 있습니다.
(CIP제어번호: CIP2015010479)

바다의 비망록

김원옥 시집

황금알

| 시인의 말 |

흔적을 찾아서

크기를 가늠할 수 없는 무한한 우주 공간에서 인간은 하나의 점點으로 표시하기조차 어려울 만큼 작은 존재에 지나지 않는다. 그러나 이 작은 '나'가 없다면 이 세계는 없는 것이다. '나' 없는 세계의 존재를 단호히 부정한다는 것은 자아의 우주론적 의미를 강조한다는 뜻이기에 '나'의 문제를 깊이 명상하며 비범한 세계 인식에 다다르게 된다 하겠다. 따라서 지금, 여기 '나'를 중심으로 세계 속에 무한히 많은 것들이 존재하며 '나'가 영위하는 일상적인 삶 속에서 다른 모든 것의 존재를 인식하게 되고, 그것들의 삶에 대해 생각하게 된다. '나'가 지금 여기 살고 있기에 그 어떤 것, 그것이 생물이든 물질이든 정신이나 영혼이든 감정이든 여기에 분명 존재하는 것이다. 그러나 하루하루 매 순간 그 무엇인가에 의한 움직임이 생기고, 그 흐름으로 인해 항상 실존보다 시간적으로 뒤져 나타나는 흔적이 있게 마련이다. 그런데 우리에게 감지되는 것은 아무것도 없이 어느 순간에 모두 사라져 버려 그 흔적이 쉽게 발견되지 않는다. 이 세상에 존재했던 어떤 것의 흔적을 찾을 수 없다는 것, 그래서 원천을 인식할 수 없다는 것은 외로운 일이다. 내가 주체로부터의 도망인 흔적에 대한 유혹을 느끼는 것은 여기에 '나'보다 먼저 있었던 것, 현재를 소유하지 못하는 것에 대한 동경 때문일 것이다. 지속되는 시간 속에 무수히 나타났다 사라지는 현상에 대한 연민의 감정으로, 그 어떤 것을 찾아 두리번거리다 미미한 것이라도 이삭처럼 남겨진 가녀린 흔적이 있음을 보게 될 때, 그 주체는 이미 다른 곳에 있겠지만, 흐르는 시간 어느 순간에 예속을 의미하는 그것의 상징이 된 흔적을 통해서, 지금 여기 나보다 먼저 있었던 것에 대한 연민의 감정이 고갈되기 전에, 끊임없이 변모해 간 그것의 존재, 혹은 비존재를 생각하게 된다. 본체가 남긴 흔적이라 함은 본체와 닮은 또 다른 삶의 시작이기도 한 것이기 때문이다. 죽음은 곧 삶의 시작이기에 끝없이 연결되는 삶의 흔적, 소멸되는 듯 보이는 본체의 형태가 재해석되어 나타나는 일종의 윤회이기도 하다. 그런 이유로 나는 이 세상에서의 수직적 시간에서 만들어진 존재의 생성과 소멸의 영속성을 생각하게 하는 근원에 대해 생각하고, 그것에 대한 모든 흔적, 그 후에 오는 최후의 흔적을 통해 이전 존재에 대한 시뮬라크라를 끊임없이 시라는 형태로 그려 보는 것이다.

2015년 봄

김원옥

차 례

1부

2부

3부

4부

1부

바다의 비망록

들고날 때마다
한 번도 있었던 적 없는
새 형상을 만드는
푸르디푸른 살갗을 가진 너
무엇이든 정갈하게 씻어 버리겠다는 듯
광대무변의 너그러움까지 보여주는
너의 법석은
나를 유혹하는데

나 이제 그만 너에게
내 평생의 일기장을 다 주어야겠다

그리고
집에 가야겠다

이슬

나는 누웠다
풀잎 위에
바람이 추근추근 웃을 때
달은
벌거벗은 나를 강간하였다
달빛 부스러기는
내 자궁 속으로 쏟아져 들었고
발광發光하려는 나를
내려다보던 달은
산 넘어가며
세상을 잊으라 한다

달 배웅하고 오는 바람이
또 추근거리기 전에
온종일
제짝 찾아 울어댈
여치의 타는
목 축여 주리라

끈끈이주걱

씻어 볼까…

대부도에 갔다
비릿한 바닷바람 사뭇 부는 갯가
걷다 보니
여기저기 끈끈이주걱
검은 씨 흩뿌리며 서 있다

나
한 마리 하루살이 되어
끈끈이주걱에게 잡아먹힌 뒤
얼어붙은 겨울 동안
그 속에서 동면하다가
온갖 꽃으로 치장되는 이 뻘밭에
끈끈이주걱으로
깨어나고 싶다

나도
한 마리 하루살이

잡아먹고 싶다

나,

끈끈이주걱으로
깨어나야겠다,

한 마리 하루살이
잡아먹어야겠다

그리할 거야

천 년
또
만 년
기어이 그리할 거야

건성건성 던져주는
그 밥 또 핥아 먹지 않을 거야
한평생 묶여 집 밖을 그리던
기둥
돌아보지 않을 거야
모과의 꿀샘 같은 입술 찾아
산이고 들이고 헤맬 거야

또 그리할 거야
쌓인 낙엽 뭉클한 구덩이에 들어가
짖어댈 거야 달을 보며
열어 보지 못한
길눈 밝혀
낯선 길 가 볼 거야

그리고
또
짖어댈 거야

판옵티콘

하늘은 둥글고
지구도 둥글고

둥근 하늘 꼭대기에 당신이 있고
둥근 지구 한 모퉁이에 내가 있는
이 둥근 공간 속에서
당신은
황소 눈보다 큰 눈으로 나를 보니
당나귀보다 큰 귀로 들리는
정돈되지 않은 귀울음 소리
숨으려야 숨을 곳이 없는
이 둥근 무덤 속
백색 소음 속으로 잠수한다면
더 이상 보여주지도 않고
더 이상 들리지도 않을까

당신은 눈으로
나는 귀로 붙잡는

서로는 포로

끝끝내 끊어지지 않는
질긴 생의
그물망

이렇게 해봤으면

가을 하늘 하도 푸르러 푸르러

햇볕 잘 드는 너럭바위에 앉아
계곡물에 발 담그고
진종일 이런 일이나 해봤으면

경련 자주 일으키는
위장 꺼내 발동기 달아주고
제 맘대로 울컥울컥 빨건 피 토해내는 심장에
초침 분침 잘 맞는 시계 하나 놓아
한 땀, 한 땀 흔적 없이 꿰매 주고
자글자글 잔금투성이 얼굴
푸우 물 뿌려 다리미질도 하고
곱사등처럼 등짝에 붙어 있는 걱정 하나
덩더꿍 덩더꿍 망나니 칼로 번쩍 떼어내고
김밥 도시락 만들어 옆구리에 끼고
속살 다 비치는 분홍 옷 입고
계곡물 따라 흘러 흘러 삼도내로 가서
사공 불러 뱃놀이도 해보고

두 손가락 입에 물고 휘파람도 불어보고
옆구리 서로 껴안고 춤도 한번 추어보고
칡넝쿨 끊어다
밧줄 만들어 분홍 옷 휘날리며
훠이훠이 쌍그네도 타보고
이렇게 한번 해봤으면

온산을 가득 안은
계곡물 하도 맑아서
가을 하늘 하도 푸르러 푸르러서

겨울 느티나무

얼마나 안으로 안으로만 태웠기에
미치지 않고서는 하루도 살 수 없어
두물머리 나루터 언저리에서
살갗 얼어 터지는 추위
온몸으로 맞으며 춤을 추는가

그 사람 돌아온다 할지라도
굳어 버린 혀 때문에 말도 병들어
잔 팔뚝 수없이 만들어
심장을 때리다가
갈라 터질 때까지 온몸을 때리다가
시커멓게 멍든 몸통

굽은 허리 펴고 서서
하늘 향해 일성一聲으로 불러도 본다
한평생을 빼앗아간 그 사람을
악착같이 목숨 지탱하게 해준
그 사람을

오늘도 언 눈 발치에 쌓아 두고
진땀 흘리는 까만 알몸뚱이

춤을 추었다

자장가에 발장단
춤을 추었다 동요에 까딱까딱
춤을 추었다 맘보를
추었다 트위스트를
추었다 디스코를
추었다 탱고를 추었다
블루스를 추었다

곱사춤도 추었다
병신춤도 추었다
무당춤도
추었다 한량무도 추었다
살풀이춤도

마침내
모든 곡이 끝나고 탑이
무너지듯 쓰러졌다
천둥 번개 치고

땀에 젖은 머리카락에
바람 머문다

사랑초꽃 핀다

대통에 담아

고창 고인돌 유적지 가는 길에
누가 떨어뜨린 것인지
대통 하나 주워든다
방금 전 잘라낸 듯
푸른 윤기가 흐른다

저 선사시대의 공동묘지가
덤불 속에
숨어 눈비 맞던 혼절의 시절을
떨며 나에게 말한다
상형문자로 누워
다시 태어날
때를 기다렸다는 돌의 꿈을
퀭한 눈으로 나 여기 서서
듣는다

소용돌이 세월을 견뎌 온
몇 억 년의 이야기를
이 대통에 담는다

숨겨 둔 내 사랑도 슬쩍 담는다
모두 담아 채운 아가리
황토로 꽉꽉 눌러
막는다

아홉 번쯤 잉걸불로
구워 볼까 천 년 빛으로
아롱지는 다이아몬드가 되겠지
한 움큼 사리가 되겠지

고창 고인돌 유적지에 나는
서 있다

빛나는 잠

그에게로 간다
땀 하나 가득 넘쳐 출렁이는
양동이 이고
저 무성한 가시덤불 숲 너머
명도冥途에 사는 그에게로

날마다 도망을 꿈꾸지만
온 생애를 두고 끊어지지 않는
탯줄의 검은 눈동자들
이제 겨우 뒷걸음질한다

이 길,

그와 나 사이에 놓인
흔들리는 잔교棧橋 위를
광대의 몸짓으로 갈지라도
갈치속젓 같은 하늘에
사금파리 별 뜨면
두 팔 벌리고 서 있는 그가 보이겠지

거기는 청동 유골함이 작열하고 있겠지

빛나는 철鐵의 침실이 있겠지

한살이, 돌아가는 길

노을 휘장 드리워져 있는
동막 숲으로 서둘러
사진 찍으러 갔습니다
붉게 타는 것은 곧 재가 된다기에

여기저기 널브러져 있는 환삼덩굴
어렸을 적 종아리를 그리도 할퀴던 쐐기풀
뼈대만 서로 엉켜 서 있는
엉겅퀴, 골풀, 갈퀴덩굴
모두 찍었습니다

어린 물푸레나무 아래에서 쇠비름은
납작 엎드려
작고 작은 씨를 꼬물꼬물
만들고 있습니다
나도 땅에 납작 엎드려 간신히
접사로 실제보다 더 크게 찍었습니다

들판의

수런거림에
귀가 솔지만
틈새 빛살도 찍고
바람이 쓸고 가는 길도
찍었습니다

서해에 쏟아지는
절기의 햇살에
저들처럼
이제
나도 맡겨야겠습니다

연인

— 르네 마그리트의 「연인」을 보며

그녀는 그와 같이 걸었다 벚꽃 핀 금산사 길을 걸었다 붉게 물든 백양사 단풍 길을 걸었다 눈꽃 핀 설악산을 걸었다 그들은 항상 같이 걸었다 아침에도 걷고 점심에도 걸었다 저녁에도 걸었다 언젠가부터 그들 사이의 말길이 끊어졌다 밤이 되어 잘 때도 말을 하지 않았다 그녀는 항상 돌아누운 그의 등 뒤에서 잤다 그녀가 본 것은 언제나 그의 등이었다 어깨판에 새겨진 손톱으로 할퀸 자국 멍든 자국을 보면서 잤다 그녀는 그의 얼굴을 모른다 그의 얼굴을 보려 하면 어느새 돌아 있었다 아침에도 돌아서 있었고 저녁에도 돌아서 있었다 그녀는 그가 보고 싶었다 언제나 보고 싶었다 허공을 보면서 그의 얼굴을 그렸다 아침에도 그리고 저녁에도 그렸다 어느 밤이었다 그녀는 그의 얼굴을 볼 수 있었다 그가 무방비 상태로 반듯이 누워 자고 있었기 때문이다 그녀는 좋았다 가슴이 뛰고 숨이 차올랐다 뒷덜미가 뜨겁게 달아올랐다 얼마나 그리웠던가! 그의 아름다운 모습이 그의 얼굴을 볼 수 있다니! 그런데 그는 얼굴에 보자기를 쓰고 있었다 그의 얼굴은 들숨 날숨 때문에 볼록거리는 보자기였다 때로는 풍선껌처럼 둥글게 부풀고 때로는 움푹 파인 눈처럼 쑤욱 들어가는 보자기였다 그녀가 보고 싶은 건 풍선껌이 아니었다 그녀가 보고 싶은 건 움푹 파인 눈이 아니었다 그녀는 그 옛날 그의 얼굴이 보고 싶었다 그의 이마가 보고 싶었다 속삭임을 말하던 눈이 보고 싶었다 코가 보고 싶었다 머리카락이 보고 싶었다

그녀는 보자기를 벗겼다 그는 비명을 질렀다 그녀도 비명을 질렀다 눈도 없고 코도 없는 커가란 구멍이었다 흡입구였다 그것이 그의 얼굴이었다 고양이든 고등어든 고라니든 통째로 삼키는 구멍이었다

그녀는 손에 들고 있는 보자기로 자신의 얼굴을 싸맸다

기도

빙빙빙빙 돈다
돌며 돌며 빈다

승봉도 후미진 바다 기슭에
키 작은 조각돌탑
검푸른 물이끼 옷
칭칭 감고 서서
소원 들어주는지

새끼들 고봉밥 먹이려고 정신없이
청맹과니로 살다 보니
내팽개친 사철나무
몸통에 큰 옹이 박혀
자라지도 못하고 비비 꼬여
곱사등이처럼
구부리고 서 있는데
이제라도 옹이 빼주어
그 허리 펴주고 싶다

옹이 빼주면
부러진다 하는데
빠진 옹이 자리에 바람 들어
실없이 흔들리더라도
부러지지 않게 해달라고
빙빙빙빙 돈다
돌며 돌며 빈다

뻥 뚫린 나무 옆구리
바닷바람 돈다

빙빙빙빙 돈다
돌며돌며 빈다

아무도 모르리

아무도 그를 눈여겨보지 않는다
다만 내가 간간이 먼발치서 바라볼 뿐이다

그는 외모부터가 다소 낯설다
무더운 여름날에도 긴소매 옷에 조끼 하나를 더 입는다
겨울이면 두 벌 이상의 스웨터에 코트를 걸친다
오늘은 날이 좀 추웠고 윗도리만 5개를 입었다
그가 걸을 때면 옷에 눌려 짐을 지고 가듯 구부정하다
그는 늘 혼자 중얼거리며 걷는다
"나처럼 살아야만 예술에 이르는 거야
이것은 치밀한 계획에 의해서 하는 거니까
이게 바로 성공적인 삶의 본보기지"
그는 혼자서 높이뛰기를 한다
어느 날은 온 동네방네를 뛰어다니기도 한다
어느 날은 키 큰 은행나무에 올라가 뛰어내리기도 하고
어느 날은 몸을 한쪽으로 기울인 채 두 팔 벌리고 제자리에서 뱅뱅 돌기도 한다
그는 일상의 시간에서 벗어나
먹고 싶을 때 먹고 자고 싶을 때 잔다

누구는 그가 밤에 아파트 옥상 난간에서 두 팔을 벌리고 서 있었다고 하고
누구는 그가 밤새도록 아파트 꽃밭에서 엎어져 잤다고 하고
누구는 그가 응급차에 실려 갔다고 하고

언제나 그가 나에게 짐이 되었다는 것을 아무도 모르리라
더군다나 나의 음모를 아무도 눈치채지 못하리라

너를 불러 본다

— 중국 심양에서

너를 불러 본다

밤새 풀뿌리 밑에 숨어 있다
해보다 먼저 피어오르는 취운翠雲이라고

심양의 회색 하늘에서
솔솔 불어와
내 얼굴을 어루만지며 지나는
안개바람이라고
너를 불러 본다
잔잔한 선유호仙遊湖 위로
살짝살짝 튕기는 작은 빗방울들의
반짝거림이라고
또
불러본다
길고 긴 본계수동本溪水洞 동굴 속
수억 년 세월이 두고두고 만든 호수에
내 손 슬며시 넣을 때
빙그레 웃는 수면이라고

불러 본다

아니,
44광년 떨어진 저 태양계에서
달려오는
단 하나의 별이라고

너를 불러 본다

그녀의 세월은 그렇게 멈추었다

해가 서해로 떨어졌다
뿌리 뽑힌 채 고목이 넘어지고
하늘과 땅에 쳐 놓은
그물이 찢어졌다

연신 끝맺음 없는 시작을 시도하며
그 많은 오늘들을 죽였다 그녀는
지지부진한 메아리 사방에 흘리다
카랑카랑한 목소리 한 번 내지 못한
목구멍에서 선혈 한 바가지 쏟아 놓고
열두 송이 연꽃으로 수놓은 옷 갈아입고
70년의 발자국들을
엷은 미소로 모아들고
서둘러 가오리연 타고
날아갔다
하늘의 자동문이 열리고
닫혔다 꼬리까지 들어가자마자

까만 시간들이 모여 있는
허공에서
떫고 쓴 비가 내렸다

숨어 사는 별

언제부터인가
밤이면 별 하나가
유리창에 달라붙어 나를
엿보았다는 것을 알게 되었다

어느 밤
책을 보고 있는데
가슴에 쿵 하고
뭔가 떨어졌다

그날부터
숨쉬기가 답답하여
병원에 가니
특별히 병은 없다며
스트레스받지 말라 한다

그리고
별은 보이지 않았다
그날 이후

제왕절개를 꿈꾸며

왜 자꾸 만삭이 되어 가는지
동해 방파제 위에 앉은 나에게
여명은 비추는데
바닷물은 살살 내 발을 간지럽히는데
오래전 자궁에 자리 잡고
명치끝까지 불러온
면벽의 울화는
아침 입덧을 하게 한다
어째서 이 세상에 나올 줄 모르고
왜 자꾸 안에서만 굳어 가는지

2부

그리고 그 후

어둠 내리고
비바람 몰아치는
벌판에 서서
뿌리 위에 뿌리 그 위에 뿌리가
서로 엉킬 때까지
나이테가 수십 수백 개
만들어질 때까지
홀로 서서
번갯불에 목탄이 될 때까지
어떤 벌레도 기어들지 못하는
돌기둥이 될 때까지

나를 죽인다
나를 죽였다

나는 죽었다
커다란 그늘로 자랄 때까지

키 작은 맨드라미

시간은 염천 등에 업혀 가는가
서해 외딴 똥섬 한구석에
옹알이하는 맨드라미
한 포기
거친 서풍에 흔들리는 억새풀
아래서 제 키를 재고 있다

초소도 기울어져 있고
레이더 불빛도 사라진
여기 긴 햇살 가로질러 달려온
귀먹은 바람이
닭볏 같은 붉은 개화의
꿈 버리라 한다

시간은 해풍에 끌려가는가
환절기 넘기지 못해
앓고 있는
이 가을의 맨드라미

삭정이, 거듭 태어난

청량산 자락에 참나무 한 그루
내가 오를 적마다 청동 같은 근육으로
자라고 있었다

심연의 하늘 속으로
빠지고 싶어
잘 자라던 그 나무
극성極盛한 비바람 불던 날
내리꽂히는 번개 맞아
온몸 타버린 채
나뒹굴었다

목탄이 된 삭정이 하나
언젠가 싹을 틔우고야 마는
도토리처럼
힘 있는 한 획劃의 묵화로
내 사진기에 태어나
미지의 창공 속으로
뿌리 내린다

삭정이는
태연스레 알고 있었다
거듭 태어남을

아름다운 숲

아름다운 숲이라는
숲의 입김 같은 속삭임만 듣고
이곳에 왔다
바람이 분다
숲이 수직으로 흔들린다
엊그제 비가 왔는지
숲의 물이 몸속으로 스민다
내 몸속의 숲의 물

내 발걸음 소리에
공중에서 줄타기하던 거미들이 놀라
우수수 내게로 떨어진다
견딜 수 없는 반짝임 때문에
한 마리 또 한 마리 때려눕힌다
이 숲의 지배자들은
유사분열로 수를 늘리며
실을 뽑아 내 몸을 칭칭 감는다
영원히 풀 수 없는 눈부신 염殮의 염殮
천고千古를 캄캄한 땅속에서 기다린

우화羽化의 날 포기할 수 없어
실의 히말라야 속에서 버둥거리며
매듭을 푼다

까마득히 보이는 숲길 끝
물안개 자욱한 계류溪流에는
풀줄기에 매달려
열다섯 번 허물 벗고
자세를 가다듬는
푸른 눈동자의 잠자리도 있을 테지

여린 날개 털고 무한 창공을 날
강력한 그 푸른 처녀비행에
은빛 날개를 펴고
아름다운 숲은 나와 함께
번쩍 하늘로 들린다

환한 합삭合朔

비로소 나는 안심을 한다

둥글고 빛나는 네가 떠올랐을 때
모든 사람이 너를 보며 웃었다
그 시선 그 웃음 뚫고
내 시선 내 미소
너에게 이르지 못해 울었다
드디어 어둠으로 들어가는 너
환한 네 얼굴 사라지고
너를 보던 모든 웃음 사라지고
너를 보던 내 울음 사라지고

이제야
너에게로 다가간다
새끼줄 꼬이듯 꼬여
우리 함께 똬리 틀고
자기 꼬리를 먹으며 사는
우로보로스처럼
너는 내 꼬리 먹고

나는 네 꼬리를 먹으며
우리는 하나가 된다
하나가 되어 죽는다

드디어
환하게 죽는다

박제의 고독

바닷물이 닿지 않는
늙은 소가죽 같은 소래 개펄 둔덕에
칠면초 한 포기
녹슨 철삿줄처럼 박제가 되었다

연초록 물올라 통통하던 사랑
지난여름 홍수에
바다로 떠밀려가고
댕그라니 혼자 남아
희미한 바다 저 너머만
바라보는 앙상한 등뼈
고꾸라질 수도 없고
그림자로도 반듯이
서지 못하는 엉거주춤한 자세
이리 오라는 손짓도 못 하고
그리로 가겠다는 말도 못 하고
그렇게 마른 채 서 있다

혼자 달려온 바다는

눈물겨운 기다림을 보고
허연 거품 뿜으며
혼절한다

그림이 된 풍경

바다의 자궁에서 꿈틀거리며 달을 채워
화산이라는 이름 얻어
뜨겁게 세상에 나온 마니산
그 산마루에 낮달이 턱 괴고 앉아서
냇바람 슬렁슬렁 부는 막은골 간척논
가을걷이 끝난 그루터기를
발밑 산자락에 늦바람나
재화再花한 구부정한 개나리를
팔배나무숲 우듬지의
누렇게 변하는 녹색의 흩어짐을
개미허리 지나
가파른 암릉길 따라 올라와
참성단 소사나무를 눈 흘기며 슬쩍
팔꿈치로 건드려 보는 갈바람을
저 멀리 바다안개 속에
공깃돌처럼 박혀 있는 섬들을
검은 뻘밭 갯장어처럼 기어가는
물고랑 위로 노 저어 가는 해를
두루두루 바라보다가

천지간 중생의 삶이로다 하고
저도 스스로 수인首印이 된다
나도 스스로 낙관落款이 된다

차가운 잠

멀리서 검은 상복 입은
누군가가 오고 있다 누군지
모르겠다 그가 이리로
걸어오고 있다 그는 먼 데서 오고
있었던 것 같다

점처럼 보일 듯 말 듯하다가
점은 콩알만 해지고
콩알은 호두만 해지고
길을 제치고 나무를 제치고
구름을 제치고 계절을 제치고
일정한 속도로
감실감실 내 쪽으로 오고 있다

나도 그리로
간다 내가 떠난 그 자리는
뒤로 멀어진다
멀어지고 멀어져
드디어 그 자리는

호두만 해지고
콩알만 해지고
점점 점點으로 남는다

아무것도 볼 수가 없는
햇빛에 반사된 하얀 현기증의 길을
그는, 나는 마주 보며 걷는다
쉬임없이

두 개의 점으로
점점 점점 다가서서
하나가 되는
날

소금 창고

한때
너는 사람들의
자랑스러운 보물 창고였지

뙤약볕에서
맨발로 수차 돌리는 염부의 헐떡임은
경쾌한 행진곡이 되고
그의 힘찬 제자리걸음으로
다가온 눈부신 백색의 금을
너는 뱃속에 가득 채웠어

어느 날
갑자기 사라지면 좋을 것을
어쩌다
듬성듬성 구멍 난 몸뚱어리
유령선의 돛대 같은 뼈다귀로
엉거주춤 서서
너의 문머리에 매달린
고드름이나 툭툭 쳐 떨어뜨리며

어슬렁거리는 바람에게
가끔씩 하소연하는
너의 중얼거림은
또 무엇이었는지

그래도
쓰러질 듯 버티고
서 있는 갈대가 있어
눈발이 폭포처럼 쏟아지는
개펄에서
말동무해 주는 걸
본다

우주의 사슬

북쪽 천 리 밖에서 네가 오고
남쪽 천 리 밖에서 내가 오고

네가 나에게 향기 보내고
내가 너에게 향기 보내고

그 향기 뒤섞여
밧줄 만들어

너와 나
밧줄 양 끝에
매달려 있었구나

거리를 좁히지도 못한 채
서로 잘 바라보지도 못한 채

그 향기
동풍에 천 리 밖으로 가고
서풍에 천 리 밖으로 가니

향기 떠난 이 밧줄
어느 날 끊어지겠지
천 리 밑으로
너 떨어지고
천 리 위로
나 떨어지겠지

또 다른 천 리 밖에서
또 누군가
또 다른 향기로 오겠지
또 다른 밧줄 만들러

소래포구

어린 것 업고
뒤축 닳은 슬리퍼 끌고
초승달 뜨는 밤이면
정리하자, 정리하자 찾아갔었지
갈 적마다
그 뻘에 코를 박는다고
어느 밤게가 내 등을 두드려 주나
선착장에 주저앉아
막걸리 한 사발로 목을 축이고
업은 아기 돌려 안고
돌아서 오는 길

여전히
그 뻘 위에 초승달은 뜨고
살아 보자, 살아 보자 찾아갔다
하세월 두고두고
스멀스멀 피어오른
젖은 갈대 태운 연기 같은 한숨으로
메주처럼 꺼멓게 뜬 나를

끌고 갈 농게 한 마리 없는
바닷물도 떠난 뻘
달빛은 고여
밤새도록 출렁이고

천 년의 기도

샤르트르 성당에 간다

파리에서 남서쪽으로 200리 남짓
프랑스의 곡창 보스 평원에는
끝없이 펼쳐지는 밀밭이 있다
그 밀밭은 모든 사람의 양식이다

그 밀밭 가운데에 성당이 있다
예수 출산 때 입었다는
마리아의 옷조각을 보관하고
푸른 스테인드글라스로
성모와 그리스도를 찬양하면서
천 년을 지내온 샤르트르

만인萬人에게 등을 내어준
푸른 지구처럼
그들에게 양식을 준
푸른 보스 평원처럼
언제든 빌면 가슴을 내어준

푸른 샤르트르

성당 벽에서
시간의 앙금과 함께 붙어 있는
천 년의 기도 소리 들린다

기억의 어망

인천 연안부두 북성동에 가면
작은 등대도 있고
농게 등짝만 한 뻘도 있고
고기잡이배들도 정박해 있고
그 사이로 저녁노을도 황홀하고
전어 굽는 냄새도 있고

부둣가에는
바다에서 돌아온 어망을
풀어헤쳐 놓고
어부와 그의 아내가
꿰매고 손질한다

한세상 사는 동안
낡고 흩어진 기억의 실마리를 찾아
촘촘히 엮어
작은 어망 하나 만들어야겠다

그 어느 날

바다에 던져 버린 칼날 같은 그리움
내 가슴 썩은 만큼
들물 날물에 휘말려 마모되고
물고기에게 물어 뜯겨
부서졌을 테지만
이제는 몇 조각일망정
건져 올려 보련다

나의 흔적

하늘이 아차 놓쳐 버려

얼떨결에 넋 하나

얻어 가지고

지상에 떨어져 머물다

한 발짝씩 한 발짝씩

발걸음 뗄 적마다

넘어질 듯 쓰러질 듯

흔들리다 끝내는 고꾸라져

연근 같은 뼈 불길에 사라진 뒤

미처 따라가지 못해

파봉안破鳳眼 난 줄기

서미鼠尾 끝에

그을린 그림자로

머뭇거리는

혼魂

어떤 난중일기

조개가
남몰래 쓴 일기를
뻘밭에서 훔쳐보았다
어느 발에 밟혀
깨어질까
어느 손아귀에 붙들려
끌려갈까
숨으며 숨으며
바다로 간
발자국,
끊어질 듯 끊어질 듯 이어진
눈물겨운 난중일기
한 페이지를
밀물이 가뭇없이
지우고 있었다

3부

욕망

— 르동의 「무한대로 여행하는 이상한 풍선과 같은 눈」에 부쳐

눈眼이 떠난다
오르막 일방통행 길을 만들어
눈이 떠 간다

검은 숲에 나비보다 낮게 떠다니는
수많은 눈 중 하나였던
그는 항상 나비를 부러워했지만
날개가 없어
자기 몸을 부풀리는 법을 스스로 터득했다
자기 몸을 가장 크게 그러나 가장 가볍게 만들어
푸른 하늘로 오른다 나비를 밑으로 보며
오르는 눈동자
하늘 색깔 하나뿐인
단조로운 세상으로
오른다
눈을 찌르던 잔가지들도
제 몸을 옥죄던 거미줄도
까마득한 아래에 있어
터질 만큼 부풀대로 부푼

몸으로 지구의 인력을 벗어나
으스대며 오른다 하늘 끝을 향해서
대보름달이 되어

무한천공에 보이는 건
계수나무 아래 방아 찧는 토끼가
사는 달일 뿐인데

동막 갯벌

송도 첨단 도시 만든다고 둑을 쌓아 놓은
그때부터
그대 오지 않았어요

하루에 두 번 철썩철썩 다가와
내 몸 어루만져 주며
부드러운 살결 간직하게 해주었는데
지금은 이렇게 검게 타버렸네요
터지고 주름투성이가 되었네요

그때는 나도 무척 예뻐서
내가 좋아 찾아오는 사람 많았어요
난 너무 행복해서
쫑긋쫑긋 작은 입 배시시 웃으며
곰실곰실 속삭였어요
"어서 오세요
내게 있는 모든 것 다 드릴 게요
바지락도 있고 모시조개도 있어요
게도 있고 낙지 다슬기도 있어요"

앞가슴 풀어헤치고 아낌없이 주었지요

연인들도 아암도 갯바위에
서로 어깨 맞대고 앉아
해내림을 보고 있으면
내 짭짜롬한 냄새는
그들 어깨에 머물곤 했는데
이제는
오는 이 없네요
희망 가득 싣고 분주히 오가던
통통배
부서진 몇 조각 남아
그때의 이야기 들려주려 하지만
귀먹은 작업복들만 와서
짓밟다 가네요

시간의 흐름

시집을 읽는다
소설을 읽는다
장자를 읽는다
구운몽을 읽는다
크리스테바를 읽는다
모세의 바란 광야를 읽는다
금강경을 읽는다
바가바드기타를 읽는다
안개 뭉실뭉실 피어
머리카락 젖는 그래 그
마을도 읽는다
출구가 보이지 않는
캄캄한 방도 읽는다
얼굴이 다섯 개쯤 되는
60년을 읽는다
내 안의 글자들
내 밖의 글자들
바람의 글자들
하나둘 하나둘

깡충깡충 뛰다가
데굴데굴 굴러간다
말머리성운으로

백내장의 허공에
성에꽃 곱게 핀다

뱀의 소망

오늘도
집으로 간다
꿈틀꿈틀

미끌거리는 비늘의 몸뚱어리
새벽이면 너의 창문 틈으로 기어들어
한 겹, 한 겹, 옷 벗으며
춤을 추었다

그때의 불꽃놀이 이후
다른 세상 볼 수 없는
근시가 되어 버린 채
꽉 닫힌 창문에 매달려
밤이 새도록
너의 방을 들여다보았다

허물 벗자
허물을 벗자

너의 가슴을 파고들던
미끌거리는 몸뚱어리
허물 벗어 놓고
아린 몸
비틀며 비틀며
집으로 간다

그토록 깊은 판화

나 어렸을 적 점둥이란 개 한 마리 길렀네
그놈은 나와 둘도 없는 친구였네
어느 날부터
그놈은 집 지킬 생각 조금도 없고
나와 놀 생각은 더욱더 없고
온 동네방네 싸질러 다녔네
불볕 쏟아지는 한낮이든
별빛 쏟아지는 한밤이든
때로는 사정없이 멀리 가기도 했고
때로는 일주일 동안 안 들어오기도 했고
게다가 내가 싫어하는
건넛마을 연선이네 집에 자주 갔었네
논밭을 가로질러
온몸에 흙탕물 휘휘 감고
걔네 개가 암놈인 줄
그때는 정말 몰랐네

어느 곳에서 만날지
나뭇잎 사이사이로 얼핏얼핏 보이는

해그림자 같은
반점을 가진 점둥이를
눈물 같은 것이 어려 있는
그 깊은 눈동자를

내게서 언제나 떠나지 않는
단 하나의
그를

사진찍기

가랑비가 내린다
카메라를 들고 나선다
오솔길을 담는다
나뭇잎 끝에 매달려 있는 눈물방울
담는다
호박넝쿨 뒤엉킨 돌각담을
담는다

비안개 속 헤집고
카메라 액정 화면으로
허리 굽은 소나무 들어온다
닥지닥지 붙은 솔방울
뿌연 안개에 그려둔
아궁이에서 솔방울이 탄다
불타는 꽃다발
불꽃 끝에 검은 연기
검은 구름 뒤의 푸른 하늘
푸른 하늘 닮은 웅덩이
웅덩이 속을 들여다보고 있는

흰댕기해오라기가 있는
논둑 너머에 구절초꽃 잔뜩 피어 있고
구절초 너머 산등성이
양지바른 곳에 어머니
대동강 위에 떠 있는 능라도에
아직도 서 있는 우리 아버지
모두 들어온다

비바람 소리
담는다

작은 송실松實 하나

작은 송실 하나

언제부터인가
주머니 속에 있었네
내 서늘한 주머니 속에
작은 송실 하나
꺼내 보지도 못하고
누구에게 들킬까 몰래
몰래 걷다가도 만지고
이야기할 때도 만지고
밥 먹을 때도 만지는

날마다 날마다 그 씨앗 커져
내 주머니에 더 이상 가지고
다닐 수 없으니 어쩔까
어느 길목에 숨겨 놓고
오면가면 잠깐잠깐 볼까
사람들에게 들키면
너도나도 만져볼 텐데

차라리 가루로 만들어
늦털매미의 눈물 섞어
작은 솔방울 하나 그릴까
내 흰 티셔츠 앞가슴에

물거품의 나날들

어디서부터인가 우리는 같이 걸어오고 있었다 아마 거기는 사람들의 통행이 뜸한 서울 변두리였을 것이다 구불구불 길게 늘어져 있어 한없이 게을러 보이는 큰길이었을 것이다 길 양쪽에는 뙤약볕에 축 늘어진 잎 몇 개 단 가늘디가는 허리를 가진 가로수들이 있었을 것이다 어쩌다 한 번 지나가는 버스가 안개처럼 먼지를 일으키는 비포장도로였을 것이다

그는 늘 그렇듯 양복을 입고 오른쪽 너른 도로로 접어들었고 나는 10년을 다닌 공장 쪽으로 가기 위해 왼쪽 골목으로 돌아서 갔다 각자 가고 있는 것에 대해 말하자면 같은 식으로 가지 않는 것에 대해 우리는 말을 하지 않았다 그는 언제나 택시를 탔지만 나는 오래 걸었다 공장은 멀고 다리가 아프다 내가 걸어간다는 것을 그는 알고 있을 것이다 가다가 지치면 택시를 탈 거라고 생각했을지도 모른다 나는 언제나 걸었다

희멀건 고등어의 눈이 바다 쪽으로 돌아가 있는 돼지머리가 순댓집 문밖까지 나와 방긋방긋 웃는 고향 떠난

채소들이 소말리아 아이들처럼 축 늘어져 있는 시장을 지나오면서 내가 생각한 것은 이렇게 오기 전에 그에게 진지하게 물었어야 했다는 것이다 말하자면 가족이나 관계에 대해서 말하자면 외박에 대해서 말하자면 택시에 대해서 말하자면 콘돔에 대해서 말하자면 감자나 옥수수에 대해서 말하자면 고함 소리에 대해서 말하자면 침묵에 대해서

공장은 아직 멀고 나무그늘 아래 흰 적삼의 노인들이 멍한 눈길을 보내는 하얀 반사反射의 길로 끝끝내 수그러들지 않는 태양만이 나의 길동무가 되어 걷는다

시퍼렇게 날 선 지난날들이 녹이 슬어 붉은 땀이 되어 흐른다 검정 블라우스를 입는 이유다 말하자면

가련한 집

정오,

태양이 쉬는
정적 속에
너는 있다

한때 너는
납작 엎드린 집들이
모여 있는 동네에
2층으로 우뚝 서서
정갈한 손이 쓰다듬는
세습의 뼈대였지

세월의 걸음걸이에 시침時針 맞추어 오다가 소진한 너의 영혼 위에 시간의 지진은 두터운 분진을 얹어 주고 솜뭉치 같은 먼지 덩어리와 함께 각종 고지서들 귀신처럼 떠다니고 찌그러지고 깨어진 그릇들을 대들보가 덮치고 있고 거미줄에 걸려 박제가 된 잠자리 시든 바랭이 같은 녹슨 살만 남은 우산 빨간 입술의 곱슬머리 통통한

소녀가 기도하는 액자 '오늘도 무사히' 마당에는 서로 얽혀 있는 골풀들 안팎으로 무성해지는 눈치 없는 잡목들을 모두 휘감고 기어가는 박주가리 흰나비 움직이지 않고 졸고 있는 쭈그러진 잎이 앙상하게 붙어 있는 담쟁이 넝쿨 뒤에 꼭 내 마음 같은 너는 숨어 있다

깨진 유리창에 쓰러져 있는
태양의 신음 소리 없어지고
연초록 담쟁이가
부드럽게 너를 안아줄 때쯤이면
가련한 너 같은
수선스러운 내 마음도
한결 비어질까

갈아타기

고등학교 동창들을 오늘 오후 4시 강남에서 만난다 2시가 다 되어 가니 인천에서 가자면 서둘러야 한다 버스를 탈까 생각했지만 지하철 1번 출구로 나와 어디 어디로 오면 편하다고 하기에 지하철을 타기로 했다 인천 지하철을 타기 위해 택시 타고 동막까지 갔다 아직은 낮이라 다소 한산한 동막에서 지하철로 갈아타고 12번째 정거장인 부평 수많은 군중의 모습을 동영상에서 되감기하며 보여주는 장면처럼 무더기로 모였다 흩어지는 환승역 부평에서 1호선으로 갈아타고 다시 12정거장을 갔다 신도림역 여름날 개미집 들쑤셔 놓아 건잡을 수 없이 무질서하게 움직이는 개미 떼 같은 군중에 섞여 계단을 오르고 내려 나도 2호선으로 갈아타고 12번째 정거장 강남에서 내렸다 세어 보니 전부 36정거장이다 지하철 36정거장을 갈아타고 가야 고등학교 동창들을 만날 수 있다 내가 고등학교를 졸업한 것이 공교롭게도 36년이 지났다 36년 돌아보니 그동안 나는 36번쯤 갈아타기를 한 것 같다 진학하느라 학교 갈아타고 데이트한다고 이 남자 저 남자 갈아타고 돈 번다고 이 직장 저 직장 갈아타고 시집가서 부모 갈아타고 한 푼 두 푼 아끼는 억척스러운 아줌마로 갈아타고 월세에서 전세로 갈아타고 프리미엄 받고 이 아파트에서 저 아파트로 갈아타고 내 아파트 사겠다고 싼 이자 찾아 이 은행 저 은행 갈아타고 편지에서 전화로 갈아타고 전화에서 삐삐로 갈아타고 삐삐에서 핸드폰으로 갈아타고 돈 못 버는 남편 여자 자꾸 갈아타서 나도 남자 갈아타고 갈아타고 그렇게 저렇게 갈아타다가 신장에 병이 들었다 의사에게 물으니 신장 갈아타라 한다 간에 병들면 간 갈아타고 심장에 병들면 심장 갈아타고 이빨이 빠지면 금니로 갈아타면 된다고 수없이 갈아타기한 고등학교 친구들의 기나긴 이야기가 끝나고 다시 강남역으로 와서 지하철로 갈아타고 신도림역에서 장마철 흙탕물이 잡동사니와 함께 뒤틀며 흐르듯 밀려가는 사람들 틈에 나도 떠밀려 계단을 오르고 내려 홈으로 왔다 인천행 급행열차가 들어온다 잽싸게 갈아탄다 타자마자 지하철은 마치 단거리 주자처럼 출발한다 숨쉬기 어려울 정도로 붐비는 지하철 안에서 어느 남자의 숨 냄새를 얼굴 가득 맞으며 꼼짝도 못 하고 있다가 부평에서 내렸다 사람들 틈에 밀리기 싫어 길게 늘어서 있는 옷가게를 괜스레 기웃기웃하지만 마땅

치 않아 뒷걸음치며 나오다가 또다시 사람들에게 밀려 하산하듯 계단을 내려오고 또 오르고 지하상가를 지나 인천 지하철로 갈아탄다 36정거장을 인간 급류에 휩쓸려 갈아타고 갈아타며 인천으로 되돌아와 택시로 갈아타고 엘리베이터로 갈아타고 이렇게 갈아타고 저렇게 갈아타고 갈아타고 갈아타고…

땅에서 하늘로 갈아타는 한 마리 새

은화식물

언제나
등 구부리고 서서
제 머리에 수많은
궁륭을 바라보면서
혼자 비를 맞는다

고개 숙여 땅이 하늘인 양
쳐다보며 살다가
어느 날
가늘디가는 몸피로
빳빳하게 굳어
또 눈을 맞는다

그것만이
사는 길이라 여기며
헛뿌리에 의지하여

인연

꽃밭에 채송화들
순이 자라 꽃이 핀다
이 꽃이든 저 꽃이든
같은 모양 같은 향기다

한 송이 꽃이 진다
또 한 송이 꽃이 진다

한 송이는 땅으로
한 송이는 하늘로
바다로
산으로

그렇게 갈까
그렇게 가서
다시 필까

이담에도
한 뿌리에서 함께 필까

4부

하루살이

7월의 햇살 내리꽂히는 인천대공원 여기저기 함초롬히 들꽃 피었다 나비 한 마리 먼 길 나들이에서 돌아와 개망초꽃에 앉는다 소리 없이 꽃 이파리 일어나 감싸 안는다 개망초 꽃 이파리에 잦아드는 날갯짓 반가워 좋은 날 덩실덩실 어렴풋이 그들 밀교를 깨달았다 나비 앉은 자리 서늘한 안개 서린다 나비 일어나 날아간다 인천대공원 데리고 날아간다 나비 날개 위에 인천대공원 얹혀 간다 나의 인천 끌려간다 그 곁에 내 한살이 소리 없이 따라간다 섬광처럼 나 이곳에 태어났다가

남강

남강이 누워 있다
남강 위에 금침金針 햇살 꽂힌다
금침이 일어선다
남강 위에 얼음 녹는다
남강 위로 운무雲霧 내려앉는다
남강 위로 바람 지나간다
남강 위로 어둠 깔린다
남강 속에 논개 있다
남강 속에 왜장倭將 있다
남강 속에 그들 포옹하고 있다

남강 백 년에 백 년을 흐르면서
남강 여전히 냉랭한가
남강 오늘 밤 찬연히 유등流燈 뜨면
남강 그들을 유빙流氷으로 떼어 놓고
남강 이제는 잠들어야 하지 않겠는가

남강이 일어선다

소실점 하나로

눈 내리는 겨울 논에
서로 기대고 서 있는
깡마른 볏짚 같은
할머니들
봉재산 소나무 숲 속에
작은 양로원 한 채

할머니 한 분이
등이 굽도록 지고 있던
보름달 같은 짐
다 내려놓고
솔가리 떨어진 황톳길로
넘어가셨다

멀어지는 영구차를
창문 통해 바라보는
백내장의 눈들
먼 길 가깝게 밝히는 환한 저승꽃 핀 얼굴에
겨울나무 잔가지처럼 얼기설기 파인

깊은 이랑 타고
흐르다 마르는 눈물
자폐의 공간에 그득하다

바다에 먹히러 가는
푸른 강물 위에
아무 일 없었던 듯
기러기 털처럼 가볍게 얹혀
가는 길 춥다 말고
바다 끝 까마득한 어디쯤
소실점 하나로 머물면

솜을 틀면서

솜을 탄다
해묵어 납작하고
딱딱해진 이불솜을
탄다

너는 여기서 백일을 맞았고
너는 여기서 한 알 콩 두 알 콩 다리 세기 놀이를 하고
너는 여기서 초등학교에 입학했고
너는 여기서 대학엘 갔고
너는 여기서 시집을 간다

솜을 탄다
묵은 시간들의
무게로 눌려 있는 솜
엄마에게 야단맞고
선생님께 혼나고 울어
지금도 눅눅한 솜
탈탈 틀면
뽀송뽀송 마르리라

바람 잘 통하는
포근포근한 뭉게구름으로
다시 태어나면
여기서 네 아이 백일 맞고
여기서 네 아이 한 알 콩 두 알 콩 다리 세기 놀이하고
여기서 네 아이 초등학교에 입학하고
여기서 네 아이 대학에 가고
여기서 네 아이 결혼을 하지

해묵어 눌리고
뺏뺏해진 이불솜을
탄다

내 젊은 날의 초상

이 밤 다 가기 전
저 덤불투성이 산을
넘어야 하는데

아직 마시고 춤춘다
박자 없는 춤을 춘다
두 팔 벌려 돌고 돈다
식은땀에 젖은
날갯죽지로 돈다
관절 마디마디
어긋나는 소리들
마른기침으로
토한다

덤불투성이 저 산을 헤치며 넘을
낫 한 자루도
마련하지 못하고
취한 다리는 흔들리고
하늘의 별들은 다 쫓겨가고

샛별 하나라도 있으면

이 밤 다 가기 전
저 덤불투성이 산을
넘어야 하는데

노을 지는 억새

우리 집 뒷산 등성이에
종아리 할퀴던
톱날이 퍼렇던 억새

오늘
흩날리는 은백색 머리 위로
어느 손이
노을을 뿌리고 있다

거기는 몇 번지인가

작은 집들이 닥지닥지 붙어 있는 동네 돌고 돌아 골목길 막다른 곳에 있는 집 한 귀퉁이에 기대어 시멘트 벽돌에 슬레이트 지붕을 한 뒤돌아 앉은 단칸방에서 듣고 본 하루치의 많은 이야기를 밤이 다 가도록 몽땅 쏟아 놓으면 그 말은 꽃으로 피어나 우리는 붉게 한밤을 물들이곤 했다 그 말을 간직하던 이 방은 재개발이라는 이름표를 단 불도저에 힘없이 뽑혀 휭 어딘가로 던져지고 너마저 떠나고 그동안 쌓아놓은 우리의 말들은 어디로 갈지 방향 잃고 두리번거리다 자빠지고 밟히고 죽는다 이 방에서 함께 지내던 바람도 아우성치며 뻥 뚫린 골목에 서 있는 나를 막무가내로 때린다

아득히 들리는
너의 음성이
머무는
거기는 몇 번지인가

내 생의 철길

언제부터였나
우리는 나란히 걸었다
땀 펑펑 쏟아지는
들판 한가운데로 난 철길 위로
먹이를 토해 주는
펠리컨처럼
가끔 자상함을 느끼며
천정에 거꾸로 매달린
박쥐처럼
피 가득 담은 얼굴로
가끔 두통을 느끼며

기차는 이미 지나갔다
아른아른 보이는 저 끝
40년 신은 닳고 닳은 신발 털어 신고
또 가자
곧은길이라 여기며 걸어온 철로
돌아보니
굽은 허리였네

■ 발문

시뮬라크르와 PTSD의 무한한 연쇄 사이의 틈

김 영 승

이제는 그대가 모르는 이야기를 하지요
너무 오래되어 어슴푸레한 이야기
미류나무 숲을 통과하면 새벽은
맑은 연못에 몇 방울 푸른 잉크를 떨어뜨리고
들판에는 언제나 나를 기다리던 나그네가 있었지요
생각이 많은 별들만 남아 있는 공중으로
올라가고 나무들은 얼마나 믿음직스럽던지
내 느린 걸음 때문에 몇 번이나 앞서가다 되돌아오던
착한 개들의 머리를 쓰다듬으며
나는 나그네의 깊은 눈동자를 바라보았지요

— 기형도의 미완성의 시 「내 인생의 중세中世」, 기행도 산문집 『짧은 여행의 기록』(도서출판 살림, 1990) 중에서

본체가 남긴 흔적이라 함은 본체와 닮은 또 다른 삶의 시작이기도 한 것이기 때문이다. 죽음은 곧 삶의 시작이기에 끝없이 연결되는 삶의 흔적, 소멸되는 듯 보이는 본

체의 형태가 재해석되어 나타나는 일종의 윤회이기도 하다. 그런 이유로 나는 이 세상에서의 수직적 시간에서 만들어진 존재의 생성과 소멸의 영속성을 생각하게 하는 근원에 대해 생각하고, 그것에 대한 모든 흔적, 그 후에 오는 최후의 흔적을 통해 이전 존재에 대한 시뮬라크르를 끊임없이 시라는 형태로 그려 보는 것이다.

— 김원옥의 '시인의 말' 「흔적을 찾아서」 마지막 부분

위의 제목 「시뮬라크르[1]와 PTSD[2]의 무한한 연쇄 사이의 틈」은 곧 「스크루지와 신데렐라 사이의 파우스트」이다. 그 동어반복은 독자를 절망케 할 것이고 김원옥식 그 운명애Amor Fati 안에서 환희하게 할 것인데 그것이 곧 김원옥의 시가 이루는 세계의 '희망'이기 때문이다. 그 '희망'은 "이곳에 태어났다가" 얼핏얼핏만 보이는 "섬광"(「하루살이」) 같은 시적 빛이다.

김원옥의 시는…… 마치 은현잉크로 쓴 시라고나 할까…… 에메랄드 빛…… 사파이어 빛 푸른 은현잉크로 쓴…… 여하튼 블루인데 투명한 블루다…… 투명한 블루의 피…… 그 은현잉크로 쓴 시가 가끔은 보인다. 안 보이던 그 시가.

---

1) simulacre. 복제물을 다시 복제한 것. 플라톤, 들뢰즈의 개념을 참조할 것.
2) post traumatic stress disorder. '외상 후 스트레스 장애'를 말함.

평소 안 보이던 그의 시가 보이는 그 순간은 어떤 순간일까…… 이미 쓰여진 그 시가 드러나는, 그러니까 삶 속에서의 그 김원옥의 시의 에피파니의 순간은 어떤 순간일까…… 그 비밀 역시 그의 시 속에 있으니…… 마치 비밀의 상자의 열쇠가 그 비밀의 상자 안에 있는 형국이 역시 그의 시다.

그 비밀의 상자는 스스로 열리기 전까지는 안 열린다. 그 비밀의 상자를 열 수 있는 열쇠는 그 비밀의 상자 안에 있으나 마치 열려라 참깨 같은 주문이 가끔은 그 비밀의 상자를 여는데 그 주문은 그의 일거수일투족 그 표정과 눈빛 등등이 그 주문이다.

그러니까 그 비밀의 상자를 열 수 있는 자는 이 세상에 아무도 없고 오직 한 사람 김원옥 자기 자신뿐이기에 김원옥의 시는 일차적으로는 비극의 두문자들로 떠돈다.

또는 반대로 "경련 자주 일으키는/ 위장"과 "제 맘대로 울컥울컥 빨건 피 토해내는 심장"(「이렇게 해봤으면」)으로 표상된 김원옥의 그 곤고한 육체와 그 육체가 이루는 가시의 세계, 그러나 관념화된 가시의 세계, 그 '관념'이 다시 살을 입어 즉 육화incarnatio되어 홀연 김원옥식 "상형문자로 누워/ 다시 태어나" "아롱지는 다이아몬드가 되"고 "한 움큼 사리가 되"(「대통에 담아」)는 신비와 기적의 순간을 섬광처럼 제시하는 것이 또한 김원옥의 시다. 비록 환영幻影과 같은 신비와 기적의 순간이라 할지라도 말이다. 그 순간이, 그 '틈'이, 곧 그의 시이며 그리고 그가 숨을 쉴 수 있는 '공간'인 것이다.

글의 제목을 그렇게 하니 마치 일체의 사이가 없다는 무간지옥과 그 무간지옥에서의 업장인 크고 작은 상처들을 마치 거대한 수레바퀴를 굴려 멸한다는 전륜왕을 연상시키기도 하지만 만약 인간의 마음이라는 것이 있다면 그 무한한 연쇄 속에서도 그 사이에 틈으로 언뜻언뜻 보이는 극광 같은 것이 시가 아닌가도 여겨지어 일단은 그런 제목을 붙였는데, 이 제목은 특히 김원옥의 시를 놓고 말할 때는 가감이 필요 없는 말임은 김원옥 시의 내용으로서의 어떤 스토리텔링이 반증해 주는 것이 아니라 그 아우라가 스스로를 드러내고 있기 때문이다.

김원옥의 시를 통독하고 나면 가령 실비 바르탕이 영어 가사로 부른 「Love Is Blue」의 창법과 음색이 마치 그 통주저음ground bass처럼 깔리는데 공교롭게도 실비 바르탕은 1944년생이고 김원옥은 1945년생으로 거의 동년배다. 같은 내용의 가사지만 빅키가 불어 가사로 부른 「L,amor est bleu」는 그 뜻은 전할 수 있으나 그 느낌은 전할 수 없는데 김원옥의 시에는 음악으로 치면 마치 「대니 보이」와 같은 하강 이미지(「춤을 추었다」 등)의 곡조로 한없이 애상적으로 흐를 내용이나 실비 바르탕이 그 「Love Is Blue」의 장단과 억양을 특수하게 하여 그 가사의 음절音節 혹은 어절語節의 끝은 결국은 치켜 올려 상승

이미지로 작용시켰듯 김원옥의 시도 그렇다는 얘기다. 종국에는 김원옥 시는 그 실비 바르탕이 부른 「Love Is Blue」 가사의 그 내용, 그러니까 그 가사가 전달하는 의미와 정보조차도 기화되어 멜로디만 남게 되는데 음악으로 치면 아마도 폴 모리아가 연주하는 그 「Love Is Blue」일 것이다.

그러면서도 김원옥 시의 전편을 관류하고 있는 키워드로서 그냥 떠오르는 것이 그나마 연결조사로 연결된 문구가 「스크루지와 신데렐라 사이의 파우스트」인데 그 역시도 결국은 실비 바르탕의 그 「Love Is Blue」의 음색을 띤다.

당연한 얘기지만 스크루지는 남성이고 신데렐라는 여성이며 파우스트는 남성이다. 김원옥에는, 아니 김원옥의 시에는 그 세 유형의 인간이 공존하며 남성과 여성 그 양성 역시 공존한다. 물론 중성은 없다. 가령 신데렐라는 어린 시절 매우 불우하게 자랐으나 나중엔 해피엔딩의 주인공이 되었는데 그 과거와 현재가 김원옥한테는 전도되었거나 착종되어 있다고 볼 수 있다. 쉽게 말해서 김원옥은 매우 유복한 환경에서 자란 소위 공주였으나 신데렐라의 의식풍경을 소유했고(「그리고 그 후」 「끈끈이주적」 「이렇게 해봤으면」 「물거품의 나날들」 등) 또한 그 길도 통과해 왔다. 스크루지는 인색한 남성의 상징이나 김원옥은 인색할 필요 전혀 없는 여성인데도 그 뭔가 결핍에 의해 인색한 '여성 스크루지'(「소래포구」 「기도」 등)의 모습으로 역시 현실을 통과해 온 듯도 하다. 그리고 그 지식과 욕망에 대해서는 '여성 파우스트'의 면모(「바다의 비망록」 등)로 그 영원성을 부인하면서 혹은 냉소하면서 그 영원성을 지향하고 도달하며 마침내는 순명한다. 물론 시인 김원옥이 그 시에서 보이는 시적 태도가 그렇다는 얘기이다.

누가 실비 바르탕이 부르는「Love Is Blue」나 폴 모리아가 연주하는 「Love Is Blue」를 듣고 패배감에 휩싸이리오. 김원옥 시도 그렇다.

지난 사반세기 이상 함께 해온 세월 동안 김원옥은 허허실실, 소위 어디 나사 하나 빠진 것과 같은 털털함을 보이나, 그 소탈함과 탈속함은 가령 음식점 같은 데를 가면 여지없이 그 기대에 대한 배반을 경험하게도 하는데, 그 일례가 다음과 같은 에피소드다.

식당에 가면 그는 이런 저런 얘기를 그 시종과 두서가 없이 별로 심각하지 않게 할 얘기를 다 하면서도 그 식당 테이블에 놓인 가령 파라든가 고추 같은 것들을 툭툭 분질러 음식 속에 넣는데 그러면 그 음식의 간이 기가 막히게 잘 맞는다는 것이다. 그것은 마치 『장자莊子』「달생편達生篇」의 유명한 비유인 "술에 만취한 사람은 마차에서 굴러떨어지는 경우 부상을 입는 수는 있어도 죽는 일은 없다고 한다. 골절骨折은 다른 사람들과 똑같은데도 그 피해의 정도가 남들과 다른 것은 그 정신이 온전하여 무심한 상태에 있기 때문이다. 바꾸어 말하면 차에 탈 때도 의식함이 없고 떨어질 때도 아무 의식이 없으며 생사에 대한 경악이나 공포도 그 가슴에는 들어갈 수가 없는 것이다. 그러기에 어떤 사태에 직면해서도 끄떡도 하지 않는 것이다."[3] 하는 상태가 가령 칸트, 쇼펜하우어 등 미학의 기본인 예술의 그 '무관심성'disinterestedness, Interesselosigkeit과도 통하며 그리고 장자와 같은 '신비'는 비트겐슈타인 같은 '분석'과 통함을 즉각 연상시킨다. 즉 장자적인 신비주의적인 사유체계는 비트겐슈타인 같은 치열한 분석적 사유를 전제로 한다는 그 양극단을 놓고도 김원옥의 캐릭터를 설명할 수 있게도 한다는 말인데 물론 그러한 사유체계가 드라이한 사유체계가 아니라 감성이 들어 있는 사유체계로 결국은 그 언어조차도 불립문자처럼 무화시켜 버릴 수 있다는 말이다.

김원옥은 오딜롱 르동의「파란 돛의 빨간 배」나「우는 거미」혹은「풍선」같은 그림에(「욕망」), 혹은 르네 마그리트의「연인」같은 그림에(「연인」) 주목을 하기도 했는데 이는 어쩌면 철학자 포이에르바하[4]라는 이름의 비극성과 키에르케고르[5] 같은 이름의 비극성을 그 이미지로 자

3) 이상은 莊子, 達生篇 2장 전편을 참조할 것.
4) Feuerbach. '불(Feuer)의 시냇물(Bach)'의 뜻.
5) Kierkegaard는 고대 덴마크어로 church yard, 즉 '묘지'의 뜻이다.

신의 내면과 외면, 현실과 이상 등과의 모순, 또는 모순 대당 관계, 또는 소위 무극이태극無極而太極의 무시무종한 순환과 그 소멸에 대한 표현 중의 하나로도 받아들여도 진다. 그러나 그의 시편들은 '너'(「너를 불러 본다」「우주의 사슬」「그토록 깊은 판화」 등)와 '집'(「그리 할 거야」「바다의 비망록」「뱀의 소망」「가련한 집」「노을 지는 억새」「거기는 몇 번지인가」 등)과 '생'(「겨울 느티나무」「대통에 담아」「빛나는 잠」「그녀의 세월은 그렇게 멈추었다」「소금창고」「은화식물」「솜을 틀면서」「내 생의 철길」 등)으로 대별되는데, 그것은 그의 우주적인 그 거시적 사유 안에서도 미시적인 이 지상의 삶을 사랑했다는 증거이다. 그리고 그러기에 그 시편들은 가편佳篇들이다.

「Love Is Blue」가 물론 단조로 작곡된 노래지만 장조의 진행을 보이면서 몇 음정을 올리는 조옮김의 변주를 하기도 하듯 그의 음정도 가끔은 그런 조옮김을 보여준다. 김원옥은 시詩의 실비 바르탕이다.

비로소 나는 안심을 한다

둥글고 빛나는 네가 떠올랐을 때
모든 사람이 너를 보며 웃었다
그 시선 그 웃음 뚫고
내 시선 내 미소
너에게 이르지 못해 울었다

드디어 어둠으로 들어가는 너
환한 네 얼굴 사라지고
너를 보던 모든 웃음 사라지고
너를 보던 내 울음 사라지고

이제야
너에게로 다가간다
새끼줄 꼬이듯 꼬여
우리 함께 똬리 틀고
자기 꼬리를 먹으며 사는
우로보로스처럼
너는 내 꼬리 먹고
나는 네 꼬리를 먹으며
우리는 하나가 된다
하나가 되어 죽는다

드디어
환하게 죽는다

—「환한 합삭合朔」 전문

위 시에서처럼 '나'의 '너'는 일식으로 둥글고 빛나던 "달"인 '너'가 "어둠" 속으로 들어가 안 보이게 되자 비로소 '나'는 안심한다. '나'가 가야 할 '너'는 '어둠 속의 너'야만 '너'인 것이다. 위 시는 위에서 언급한 '너' '집' '생'으로 분류되는 시 전편을 다 함유하는 일례이지만, 김원옥의 시 편편마다엔 그 '너' '집' '생'이 다 들어 있기에 그 변증법적인 합일점에 도달하기를 비원悲願하나 도달 못하고 좌절하기에 비극이다. 그의 시는 그렇게 주체와 객체, 빛과 어둠, 고통과 쾌락 등등 그 모든 상대적인 가치관의 세계 통칭 에로스와 타나토스의 양극단이 '우로보로스[6]'처럼 무한히 연쇄하고 밀착되어 교호하고 교직되어 있기에 마침내는 그 「시뮬라크르와 PTSD의 무한한 연쇄 사이의 틈」에서의 그 '틈'조차도 없애는데, 그것은 지옥이다. 그러면서 동시에 천국인 그러한 지옥인 것이다. 그 모든 '나'와 '너'와 '집'과 '생'이 곧 "서로는 포로"(「판옵티콘」)이기에 지옥이고 천국이며, 천국이며 지옥인 시詩고 그 시집이다. 그리하여 독자들은 김원옥이 설계하고 건축한 그 '판옵티콘[7]'에 잠시 갇힌다. 그리고 그 안에서 잠시 해방되기도 한다.

김원옥의 그 도저한 슬픔과 한恨을 어찌 할꼬. 나는 그러한 김원옥에 대해서 오래 전에 다음과 같이 쓴 바가 있다.

> 김원옥의 시는 살짝 비켜선 자의 소극적 적극주의, 혹은 적극적 소극주의를 살짝, 그러나 강력하게 보여준다.

---

6) Ouroboros. 자기 꼬리를 입에 문 뱀을 말하는 바 무한과 영원을 상징함.

7) panopticon. 감시와 통제가 가능한 원형 감옥을 말함.

시적 화자는 사실 삶의 중심에 놓여 있으면서도 그 의식은 여하튼 그 삶을 살짝 비켜선 아웃사이더의 그것을 견지하는데 그 지향점은 현실을 부정하면서 수용하거나 수용하면서 부정하는 이중의 해리현상 속에서의 마치 선탈蟬脫과 같은 질적 변화, 자기 갱신, 부활, 나아가서는 성화聖化를 꿈꾸는 것이다. 그 언어는 형식논리에 충실한 지적 언어이면서 동시에 고대의 여사제 같은 주술적 위의威儀와 그 울림을 갖는다.

그의 비더게부르트는 가령 '열 다섯 번 허물 벗고 / 자세를 가다듬는/ 푸른 눈동자의 잠자리도 있을 테지'였다가 현실에 엄존하면서도 현실을 신화화한 공간에서의 자각은 '아름다운 숲은 나와 함께// 번쩍 하늘로 들린다'(「아름다운 숲」) 같은 해방과 상승으로의 승화를 제시하는 것이다. 그것은 화해로서의 해탈의 표상이다.

자신의 좌표를 '혼자 비를 맞'으며 '빳빳하게 굳어/ 또 비를 맞는'(「은화식물」) 은화식물에 놓고도, 에로스와 타나토스의 양극단을 넘나드는 경계를(「빛나는 잠」) 거쳐 좀더 구체적이고 가시화된 윤회적 세계인식으로 '거듭난 삭정이는/ 태연스레 알고 있었다'와 같은 전 생애에 대한 직관을 보이기에도 이른다. 자신의 현존재와 그 한계상황을 '갈치속젓 같은 하늘'(「빛나는 잠」)로 은유(직유를 통한)한 그의 그 염장鹽藏의 사생관死生觀은 충격이다.

김원옥의 언어가 투영한 절차탁마 된 의식과 세공된 감성은 그 시행詩行의 원근을 초월하여 그 작품의 안과 밖에서 명멸하고 생동한다. 그 장강長江의 발원發源이 맑고 깊다.

이제 나는 다음과 같은 말을 덧붙이며 새로운 시집의 탄생을 독자와 함께 축하한다.

> 불Feuer의 시냇물Bach이란 무엇인가? 그것은 결코 양립할 수 없는 것의 대립, 물과 불의 치명적인 긴장인가? 아니면 타오르며 흐르는 강, 불의 강인가? 유명한 신학자 · 법률가 · 예술사가 · 수학자 · 화가, 그리고 루드비히 포이에르바하를 배출하면서 13세기까지 소급되는 이들 가족의 전통은 이러한 두 가지 해석 모두를 가능케 한다. 헤센 지방의 목사였던 요한 하르트만 포이에르바하Johan Hartmann Feuerbach의 묘비에는 "그 이름은 불과 냇물이 결합된 것이었다"nomen erat omen compositum ex igne et rivo라는 비문이 있다. 따라서 그는 불과 물이 투쟁하는 것과 같은 성격을 지녔었음에 틀림이 없다.
>
> — 한스-마르틴 자스, 정문길 역, 『포이에르바하』(문학과 지성사, 1986) 중에서

그러나 김원옥은 그러한 비문을 일생 썼다. 그것이 김원옥의 시다. 왜 그런가는 김원옥의 시를 읽어보면 안다. 더 쓸 게 있는가?

나를 죽인다
나를 죽였다

나는 죽었다
커다란 그늘로 자랄 때까지

—「그리고 그 후」 마지막 부분

서해에 쏟아지는
절기의 햇살에
저들처럼
이제
나도 맡겨야겠습니다

—「한살이, 돌아가는 길」 마지막 부분

나 이제 그만 너에게
내 평생의 일기장을 다 주어야겠다

그리고
집에 가야겠다

—「바다의 비망록」 마지막 부분

이제 그러한 자기말살resignatio[8]로서의 '자기 죽이기'는 그만하고, 이미 다 죽였으니, 이미 다 죽었으니, 이미 "커다란 그늘"로 다 자랐으니, 나는 김원옥이 그렇게 맡기고 그렇게 그의 '집'으로 가기를 바란다. 김원옥은 갈

8) "아무든지 나를 따라오려거든 자기를 부인하고 자기 십자가를 지고 나를 좇을 것이니라"(마태복음 16장 24절) 하신 그 그리스도의 말씀 같은 자기가 자기 자신한테 주는 정언명법이 있어야 가능한 자각을 말함.

수 있을 것이다. 그리고 김원옥은 그 김원옥식 집에서 김원옥식 평안을 누릴 수 있을 것이다.

그 '커다란 그늘'은 여하튼 '아름다운 숲'아닌가. 그 시뮬라크르와 PTSD의 무한한 연쇄 사이의 그 '틈'은 결국 김원옥의 '아름다운 숲' 아닌가? 아니 그 '틈'이야말로 '아름다운 숲' 아닌가? 그렇다면 그 '커다란 그늘'은 그 "10년을 다닌 공장 쪽으로 가기 위해 왼쪽 골목으로 돌아서 갔"던 그 "공장은 멀고 다리가 아프"던, 가도 가도 "공장은 아직 멀고 나무그늘 아래 흰 적삼의 노인들이 멍한 눈길을 보내는 한얀 반사反射의 길로 끝끝내 수그러들지 않는 태양만이 나의 길동무가 되어 걷"던 그 '물거품의 나날'들(「물거품의 나날들」) 같은 나날들 저편에 상정된 무릉도원 아닌가. 그 무릉도원조차도 결국은 『금강경』에서 말하는 바 그 '물거품'으로서의 환영幻影이라 할지라도 그 "아름다운 숲"은 김원옥과 함께 "번쩍 하늘로 들"(「아름다운 숲」)릴 것이다.

나는 그러기에 위 실비 바르탕의 노래 「Love Is Blue」처럼 그 사랑이 블루인 김원옥의 그 핍진했던 생을 명상하며 나의 졸시 「숲속에서」를 덧붙인다.

> 작은 새 한 마리가 또 내 곁을 떠났다.
> 나는 그 새가 앉았던 빈 가지에
> 날아가 버린 그 새를 앉혀 놓았다.

많은 사람이 내 곁을 떠났다.
떠나간 사람
죽은 사람
나는 아직도 그들이 앉았던 빈자리에
그들을 앉혀 놓고 있다.

그들이 없는 텅 빈 거리를
주머니에 손을 찌르고 말없이 걷는다
거리는 조용하지만
떠들썩하다.
그들이 웃으며 나를 부르고 있다.

나를 알고 있는 사람들 곁을
내가 떠나게 되었을 때
내가 없는 술집 그 구석진 자리에
나를 앉혀 놓을 수 있는 사람이 있을까.

작은 새 한 마리가
아직도 슬픈 노래를 부르고 있다.

— 졸시 「숲 속에서」, 『아름다운 폐인』(미학사, 1991) 전문

'나'가 없는 '너'는 없다. '너'는 '나'가 설정되고 상정되어야만 존재할 수 있는 존재자[9]이며 그 지시대명사이다.

---

9) 이 '존재자'는 원래 '현전자(現前者)', 하이데거가 말하는 바로는

'나'의 시간적 공간적 그 위치와 배경이 설정되고 상정된 후에야 그 '나'와 함께 그 시간과 공간이 함수하는 좌표 상의 한 점으로서의 '너' 역시 존재하고 동시에 인식되는 것이라면, 그리고 그 '나'가 '너'를 정신적으로 육체적으로 영적으로 유관한 존재로 늘 의식하거나 교호한다면, 가령 황지우식 사유나 김영승식 사유가 아니더라도 그 '나'는 곧 '너'[10]며 그 '나'와 '너'는 똑같다[11].

'너'를 의미하는 한문의 너 '이爾' 자는 '바로 내 눈앞에 활짝 피어 눈부시고 아름답게 빛나는 아주 환한 꽃'의 상형인데, 그렇기 때문에 그 '나'와 함께 현존하며 동행하는 존재로의 그 너 '이爾' 자는 곧 '가깝다'는 뜻이며, 그 너 '이爾' 자에 쉬엄쉬엄 갈, 혹은 잠시 가고 잠시 머무를, 혹은 달릴 '착辵' 자의 변형인 책받침 '착辶'을 더하여 가까울 '이邇'자가 된 것은 지극히 자연스러운 귀결이고 또한 의미심장하다. 그러니까 '너'는 '나'하고 가까운 어떤 존재, 즉 '나'와 같으면서 다른, 다르면서 같은, 내 앞에 가장 명백히 존재하는 어떤 대상으로서의 가장 구체적인 타자, 나아가서 어쩌면 융이 말하는 바의 대타자 같은 존재일 수밖에 없기에 '너'인 것이라면, 김원옥의 '너'는 곧 김원옥 자신인 '실존적인 나'이며 그 '너'가 바로 '나'의

'각 실존하는 개인에게 가까이 다가와 유형무형으로 이미 드러나 있는 것'으로서의 'das Anwesende'를 말하니 참조할 것.

10) 황지우, 『나는 너다』(풀빛, 1987)

11) 김영승, 「반성 463」, 『車에 실려가는 車』(우경, 1988)

그 '또 하나의 자아'일 수밖에 없는 것이다. 사실 '인간일반'이 다 그렇지 않은가?

현재 김원옥이 사는 인천의 연수구 일대의 지명은 '먼우금'인데 그 먼우금의 옛 한자 표기는 원우이遠又邇, 즉 '멀고도 가깝다'는 뜻이다. 멀고도 가까우면 가깝고도 멀 수 있다. 그 먼우금은 옛 먼우금 그 동막 앞바다가 썰물 때면 개펄이 5km나 드러나 '가도 가도 끝이 없다'라는 뜻에서 붙여졌다는데 그런데도 멀고도 가깝다니 그 멂이 곧 가까움이며 가까움이 곧 멂이라는 인식을 담고 있어 가령 불교적인 세계관이나 그 우주론과도 같고 김원옥의 시적 인식과도 닮았다. 거울을 보면 김원옥은 김원옥 자신의 그 눈빛과 표정이 곧 '먼우금'임을 혹시 알지도 모르겠다. '너'라는 거울을 보면.

영원히 '그'일 수 없는 '절대의 너'는 신神이다[12]. 아닌가?

김원옥의 시의 세 카테고리인 그 '너' '집' '생'은 김원옥이라는 '나', 그 단호하고 완강하게 자기 선언된 혹은 구축된 그 '나' 안에 이미 있었기에, 가령 "꺼내 보지도 못하고/ 누구에게 들킬까 몰래/ 몰래 걷다가도 만지고/ 이야기할 때도 만지고/ 밥 먹을 때도 만지는" 그러한 "작은 송실 하나" 들어 있는 "내 서늘한 주머니 속"(「작은 송실松

12) 이 부분은 가브리엘 마르셀이 『형이상학 일기』에서 한 말인 "神은 결코 '그'일 수 없는 絕對의 '너'다"의 轉用이니 참조할 것.

實 하나』) 같은 집이라 할지라도 김원옥은 이미 그 '집'에 자신이 자나 깨나 앉으나 서나 부른 그 '절대의 너'인 '신'과 함께 하고 있었다. 그 집이 기형도의 「빈집」[13]같은 '빈집'이라 할지라도 김원옥 자신이 이미 그리고 영원히 그 '신의 거처'a dwelling of God[14]며 '신의 집'the home of the Holy Spirit God gave you[15]이기에 그 '너'를 중심으로 공전하고 자전하는 행성으로서의 김원옥은 그 김원옥의 '너' 역시 김원옥을 중심으로 공전하고 자전하는 행성임을 고백해 놓았는데 그 고백이 그의 시였던 것이다. 그렇지 않은가?

그렇다면 그 '너'의 실체는 무엇인가? 그것은 '사랑' 혹은 '사랑하는 사람'이다. 그러면서도 그 '사랑' 혹은 '사랑하는 사람'은 김원옥에 있어서는 '허상'이다. 그 '사랑' 혹은 '사랑하는 사람'이라는 관념과 실재 사이의 음화와 양화가 바로 그 김원옥 시의 표리라면 김원옥은 불행하다. 김원옥의 자아(또는 의식)와 세계(또는 대상)의 일치의 순

---

13) 기형도, 「빈집」, 『입속의 검은 잎』(문학과지성사, 1989)을 참조할 것.

14) 이 부분은 에베소서 2장 22절의 轉用이니 참조할 것. cf. EPHESIANS 2 : 22, THE NEW TESTAMENT revised Berkely Version, Zondervan Publishing House, 1969

15) 이 부분은 고린도전서 6장 19-20절의 轉用이니 참조할 것. cf. I GORINTHIANS 6 : 19-20, Living Letters The Paraphrased Epistles, Wheaton, Illinois, TYNDALEHOUSE PUBLISHERS, 1962

간이 시인지 아니면 생인지, 불일치의 순간이 시인지 생인지, 그의 시는 여전히 그의 생을 투영하고 있지만 멀고도 가깝고 가깝고도 멀다. 물론 김원옥 자신과도 그렇고 그 김원옥의 '너'하고도 그러며 독자한테도 그렇다. 그런 면에서는 김원옥은 또한 행복하다. 그 역설과 반어, 뫼비우스의 띠 같은 김원옥의 언어의 세계 그 '존재의 집'이 멀리서 가까이서 아득히 명멸하고 있다. 그러면서도 독자들은 김원옥 시의 편편이 이루는 그 뫼비우스의 띠를 미끄럼 타기도 한다. 즐겁게. 혹은 고통스럽게.

그러기에 가령 생자生者에 대한 초혼招魂 같이 "그와 나 사이에 놓인/ 흔들리는 잔교棧橋 위를/ 광대의 몸짓으로 갈지라도/ 갈치속젓 같은 하늘에/ 사금파리 별 뜨면/ 두 팔 벌리고 서 있는 그가 보이겠지/ 거기는 청동 유골함이 작열하고 있겠지// 빛나는 철鐵의 침실이 있겠지"(「빛나는 잠」) 몽유夢遊하듯 중얼거리며 "한평생을 빼앗아간 그 사람을/ 악착같이 목숨 지탱하게 해준/ 그 사람을" 같이 비록 '그' 또는 '그 사람'이라고 불렀지만 '그' 또는 '그 사람' 역시 김원옥이 대상화하고 타자화한 '너'이며 '절대의 너'이기에 "하늘 향해 일성一聲으로 불러도"(「겨울 느티나무」) 보는 것 아닌가. 그렇듯 하늘과 땅만큼 멀리 있는 '실체이고 허상'인 그 '절대의 너'는 언제나 시공과 원근을 초월해 있으며 그 '허상이고 실체'인 '절대의 너'를 향한 천로역정 같은 그 구도자 같고 순례자 같은 고행의 링반데룽이, 시시포스의 도로徒勞가 김원옥의 김원옥식 그 등하불명의 사랑이라면 위 기형도의 그 “연못”의 그 무수한 파문 그 동심원은 바로 실비 바르탕의 「Love Is Blue」의 파동으로, 마침내는 그 가사조차도 없어진 폴 모리아의 「Love Is Blue」로 퍼져 나간다.

그리하여 가령 「이슬」 등등에서처럼 자칫 한 많은 여인 즉 한부恨婦의 그리고 그리하여 사나워진 한부悍婦의 한중록恨中錄이나 규원가閨怨歌로 전락할 여지가 많은 정한情恨을 김원옥은 그 시편들에서 김원옥 특유의 음보音步와 어보語步, 그 시어와 시행의 김원옥 특유의 고저와 강약으로 그 형식과 내용을 통어하고 조율, 김원옥식 실비 바르탕의 음색을 이루어 기형도의 그 “연못”은 김원옥의 호수가 된다. 그 호수가 맑고 깊다.

이제 김원옥의 시를 읽은 독자들이 그 폴 모리아 악단의 멤버로서 각자의 악기로 다함께 그 「Love Is Blue」를 연주할 것이다.

그리고 마지막으로 김원옥의 다음과 같은 감동적인 시 「솜을 틀면서」를 덧붙인다. 그 솜조차도 ‘솜의 가시밭길’이라 할지라도. ‘솜의 커다란 그늘’이라 할지라도. 그리고 사랑은 차라리 블루인 게 가장 좋지 않겠나 하는 중얼거림을 덧붙이면서. 김원옥의 그 솜에 눈부셔하면서. 따뜻해 하면서. 그리고 감사해 하면서.

솜을 탄다
해묵어 납작하고
딱딱해진 이불솜을
탄다

너는 여기서 백일을 맞았고
너는 여기서 한 알 콩 두 알 콩 다리 세기 놀이를 하고
너는 여기서 초등학교에 입학했고
너는 여기서 대학엘 갔고
너는 여기서 시집을 간다

솜을 탄다
묵은 시간들의
무게로 눌려 있는 솜
엄마에게 야단맞고
선생님께 혼나고 울어
지금도 눅눅한 솜
탈탈 틀면
뽀송뽀송 마르리라

바람 잘 통하는
포근포근한 뭉게구름으로
다시 태어나면
여기서 네 아이 백일 맞고
여기서 네 아이 한 알 콩 두 알 콩 다리 세기 놀이하고
여기서 네 아이 초등학교에 입학하고

여기서 네 아이 대학에 가고
여기서 네 아이 결혼을 하지

해묵어 눌리고
뻣뻣해진 이불솜을
탄다

—「솜을 틀면서」 전문